Cyfres y Dywysoges Fach
y llyfrau hyd yn hyn:
CHWAER RYDW I EISIAU
GOLCHA DY DDWYLO!
COLLI DANT

Cyhoeddwyd yn wreiddiol yn Saesneg gan Andersen Press Ltd.
Hawlfraint Tony Ross, 2001
Cydnabyddir hawl Tony Ross fel awdur ac arlunydd y gyfrol hon dan Ddeddf Hawlfraint, Cynlluniau a Phatentau 1988.
Cedwir pob hawl.

Cyhoeddwyd yn y Gymraeg yn 2003 gan
Carreg Gwalch Cyf.,
Ysgubor Plas, Llwyndyrys, Pwllheli, Gwynedd LL53 6NG.

Argraffwyd y gyfrol hon ar bapur glân o ddeunydd asidig.

Golcha dy ddwylo

Tony Ross
(addasiad Cymraeg: Myrddin ap Dafydd)

Carreg Gwalch Cyf.

'Waa-wiiî!'
Roedd y Dywysoges Fach WRTH EI BODD yn baeddu.

'Golcha dy ddwylo cyn iti fwyta honna,' meddai'r Frenhines.
'Pam?' holodd y Dywysoges Fach.

7

'Am dy fod di wedi bod yn chwarae y tu allan,' atebodd y Frenhines.

'Golcha dy ddwylo,' meddai Llŷr Llwy Bren.
'Pam?' gofynnodd y Dywysoges Fach.

'Am dy fod wedi bod yn chwarae gyda Cagla'r ci.
Cofia dy fod yn eu sychu'n iawn.'

'Golcha dy ddwylo!' gorchmynnodd y Brenin Mawr Caradog.
'Pam? Rydw i wedi'u golchi nhw ddwywaith yn barod,'
meddai'r Dywysoges Fach.

'Ac mae'n rhaid iti eu golchi nhw eto, oherwydd rwyt ti newydd fod ar y pot.'

'A-TISH-Ŵ!'

'Golcha dy ddwylo!' galwodd y Forwyn Ferona.

13

'Rydw i wedi'u golchi nhw ar ôl chwarae tu allan.
Rydw i wedi'u golchi nhw ar ôl chwarae gyda Cagla'r ci.
Rydw i wedi'u golchi nhw ar ôl bod ar y pot.
Rydw i wedi'u golchi nhw ar ôl tisian . . .

. . . PAM?' holodd y Dywysoges Fach.
'Oherwydd yr ych-a-fis bach afiach,'
'Be ydi ych-a-fis bach afiach?' oedd cwestiwn nesaf y
Dywysoges Fach.

15

'Maen nhw'n AFIACH!' meddai Ferona'r Forwyn.

'Maen nhw'n byw mewn bawiach . . .

. . . ac ym mlewiach anifeiliaid . . .

. . . ac mewn moeriach pob tisian.

Wedyn, maen nhw'n medru mynd ar dy fwyd ac i mewn i dy fol . . .

. . . ac yna, maen nhw'n dy wneud di'n sâl.'

'Sut bethau ydi ych-a-fis i edrych arnyn nhw?' gofynnodd y Dywysoges Fach.
'Gwaeth na chrocodeils,' meddai'r Forwyn Ferona.

'Does yna ddim crocodeils ar fy nwylo i.'

'Mae ych-a-fis yn llai na chrocodeils,' meddai'r Forwyn Fach.
'Maen nhw'n rhy fach i ti fedru'u gweld nhw.'

'Well i mi olchi fy nwylo eto,' meddai'r Dywysoges Fach.

'Oes rhaid i mi olchi fy nwylo ar ôl golchi fy nwylo?'

'Paid â bod yn wirion,' meddai'r Forwyn Ferona. 'Rho hon rhwng dy ddannedd.'

'Wyt **TI** wedi golchi dy ddwylo?' holodd y Dywysoges Fach.

28